肉体の言葉を探して

三島文学の謎に迫る

中西 武良
Takeyoshi Nakanishi

文芸社

肉体の言葉を探して

——三島文学の謎に迫る

三島先生の文庫本はどこの本屋に行っても並んでいる。その一つの原因として三島先生の死の謎がある。現在までその死は一種の謎に包まれているといって過言ではない。それを知ってみたいということが大きな原因としてあるのではないか。私も十年位前から少しわかるようになってきた。

『陶酔について』の中で注目すべき文をここで私は見つけた。そこにはこう書かれていた。「文学はおそらく、もっとも知性に抵抗を与える素材を取り来って、それを知的に再構成するという職分を持っており」という短文である。文学という時、それは三島先生を言っている可能性が極めて強い。ここに先生の原点があるのではないかと考えている。それが美ということ、また死へつながっているのだということは私だけだろうが、その考え方は間違っていないと思っている。

この文の「もっとも知性に抵抗を与える素材を取り来って」ということ、それをすぐ後の「知的に再構成するという職分を持っており」と言っているが、この知的に再構成するということ、これは先生の文学にあてはまっている。先生の文学はいうなれば知的なものであるのは言うまでもない。でも問題はこの中の「知性に抵抗を与える素材を取り来って」ということ、これをどう解釈すればいいのだろうか。

この「知性に抵抗を与える素材」というのは、知的でないということを言っている。普通に読めばだがこの後の「知的に再構成する」という文からいって、その可能性は極めて強い。でもこの「知性に抵抗を与える素材」に知的でないものが書かれている可能性は少ないと思う。この文は先生自身の文であり、実像であるのだから、私の言ったことは間違っていないと思う。では先生に知性に抵抗を与えるものがあったのか。私はそのことを考えて結論を与えている。

でも普通からは考えられない。知的でないものが先生の中にあったとは、一種の痴的なもの（この言葉はないかも知れない）があったとは。そこから考えられるのは病気ではないか、病的なものがあったのではないか、と考えた。いずれにせよ知的でないというのは考えられないことだが、普通に考えて先生の中に病的なもの、考えようとしても考えられないといったようなことが頭の中にあったのではないか、それを私はつき物が出来たというように考えて、黒羽先生にそのことを指摘してもらった。三島には病的なものがあるとも言われた。でもそれを病気というのは間違っている、別のいい方がある、病といったら人はばかにするだろうと言われた、〈つき物〉がいいと言われた。

前に言ったが、痴的ということ。これは私だけであり、誰も書いていないことだと思う。痴的ということ、それと表裏をなすつき物についてまた書いておきたいと思う。『詩を書く少年』の中には最初「詩はまったく楽に、次から次へ、すらすらと出来た。」と書かれているが、でもこの『詩を書く少年』には詩が一編も書かれてなく、そのため詩がどんな詩であったかははっきりとしないが、その詩を説明するようにこう書かれている。

少年が恍惚となると、いつも目の前に比喩《ひゆ》的な世界が現出した。毛虫たちは桜の葉をレエスに変え、擲《なげう》たれた小石は、明るい樫《かし》をこえて、海を見に行った……

という風に先生は「実際、世界がこういう具合に変貌《へんぼう》するときに、彼は至福を感じた」と言っていたが、この詩を読んで次々と変えていったその時、先生は至福を感じたのだろう。ここにもあの『煙草』の孤独な少年のように授業について いけない自分、（信じられないかも知れないが）授業を離れて沼水ではなく今度は空の方を見て云々といった趣がある。

外界のほうがずっと彼を魅した。というよりも、彼が理由もなく幸福な瞬間には、外界がやすやすと彼の好むがままの形をとった……外界をでも、自分をでも、とにかく少年はじっと永いこと見つめているのは好きではなかった。注意を惹《ひ》いた何らかの対象が即時何らかの影像に早変りするのでなければ……

この場合は葉の上に毛虫がいて、これを見てのものと思われる。毛虫から蚕《かいこ》の連想に変わったのだろう。（強いて言えば毛虫は繭《まゆ》をはき出しレースにあんでいたという詩かも知れない）なぜ小石が見に行ったという表現になっているのかと言えば、誰かが小石を投げたのだろう。投げうたれた小石はといった後、私の考え方から言えば、つき物から、少し考えたことに疲れが出て、しかし小石と言った考えたことは頭にある、例の頭の悪さから、そこで小石と彼の観念との一種の混同がおこり、そこから小石が（私が）見にいったという考えが導き出されているのだろう。小石が見にいくわけがないが。三島先生はこのように詩を作っていた時期があったのだろう。これはすぐ私が読んで私が訳したものだが、あたかもその後、先生はこう言っている。

われわれの内的世界と言葉との最初の出会は、まったく個性的なものが普遍的なものに触れることでもあり、また普遍的なものに練磨《れんま》されて個性的なものがはじめて所を得ることでもある。

と言っている。この解説は私の解説と同じことを言っている。先生もそのつもりでここの所を書いたのだろう。その前に言った練磨によく出ている。これをどのようにとらえるかは人様々だろうが、私のようだったのは同じことを言っているということから憶測出来る。この先生と私の詩文は、これを読まれる方はどう感じるだろうか。唯の詩文として感じるだろうか。

これをそのままに普通に読むか、ほとんどの人はそのままに見たかも知れない。個性的なもの、自分といっていい。それが普遍的なもの、毛虫とか葉とかの普遍的なもの、知的で健全とみて普通の詩としてとらえたのだろう。しかしこれを私のように考えてはどうだろうか。個性的なものが普遍的なものに触れる。痴的なつき物を持った人が普遍的なもの、毛虫等に触れる。この先生の詩は、このように見たのではないか。

自己の痴的なものを描いた詩であるという風に見たのは、私から言えば間違いない。特に「練磨」されてが私のことを言っている。「彼を襲う「詩」の幸福は、結局、彼が詩人ではなかったという結論をもたらすだけだが、この蹉跌《さてつ》は少年を突然「二度と幸福の訪れない領域」へ突き出すのである」と先生は自己の解説の中で述べているが、このような痴性を持ったものが詩人であるはずがない。そのことを先生はここで言ったことになる。

普遍的なもの、実は普遍的であるとは言いがたい。毛虫は別個のものであって、同じようにとらえられないはずだ。健全であれば普遍的という言葉は出てこない、そこをとらえねばなるまい。とらえられないから痴的であったととらえられないのだ。誰も言っていないことになる。先生は痴的だと言っているのに、人はこの小説をとらえてそう言っていないだけだ。詩がどんなものだったのかはっきりしないのでわからないが、私は痴的な詩ではないかと感じられると思う。

　こんなレヴェルの低い、小説として読んでもらえるような詩ではないと考えるのが普通だと思う。それを先生は切実なものを持ったものと言っている。先生がこの文を切実なものと考えることは間違っている。こんなことがわからない人ではない。要するに本当はここで何を言おうとしたのであるかということである。この痴的なもの、彼の詩が切実だと言っているのは本物だろう。それを慎重に確実にとらえなければならないだろう。この詩が痴的なものと感じて鑑賞しなければならない。そうでないと真実に近づけない。

　普通に読めば切実なものとは言えない。その詩の内容を、その変化だけでそのように見えないはずだか、先生は切実な問題だと言っている。先生はこの「『詩を書く少年』と『海と夕焼』と『愛国』の三編は、私にとってもっとも切実な問題を秘めたものであり」と言っている。『海と夕焼』については、「なぜあのとき海が二つに割れなかったかという奇蹟待望が自分にとって不可避なことと、同時にそれが不可能なこととは、実は『詩を書く少年』の年齢のころから、明らかに自覚されていた筈《はず》なのだ」と言っている。『海と夕焼』は一種の告白だったと言って、私によれば最後の死に至る告白と同じことを言っている。

どうしようもないものが身体の中にあったのだ。先生はそれをよく自覚していた。『海と夕焼』のような、どうしようもないものが身体にあったのだろう。そこからもこの詩の変化をとらえて、切実とは言えないはずだ。この『詩を書く少年』の本当はやはり、つき物との関係でとらえなければならない。つき物、痴的なものがあった、つき物があったのを基本的に隠していたかも知れないが、人に読み込めないという形で表現していたのはわかってもらえると思う。

私が言った『仮面の告白』『金閣寺』『鍵のかかる部屋』等すべて、それが実像であったのだ。私の書いたことはその意味で何ら間違いではなかった。それがより『煙草』ではっきりとわかる。つき物の存在と痴的なことを描いている。その意味で『煙草』は非常に重要な意味を持った作品だと思う。

個性的なものを先生は、つき物を持った痴的なと言いたかったのだが、他の人は先生のように個性的な普遍的なものをそのままに読んだだけだろう。普通なら別々と言わなかっただけだろう。この小説に限らぬだろうが、先生は自分のこと、つき物的なことを痴的なことを素直に言っているにすぎない。でもそうでない人は、これも普通にそのまま言っていることになる。そこに双方にくいちがいが生じてしまう。これが先生が言っているように「とんでもない誤解をしている」と言える。

前に一種、批評家にきつい言い方をしたが、何もその見方が間違っているわけではない、特異な先生から見れば、評論家がわからないからであって、評論家が駄目だと言っているわけではない。その痴的なもの、つき物を持った先生を理解出来るかどうかだけで言っているだけであると思う。ここでも先生は「われわれ」等と自分のことを言っているが、これは自分のことであるが、それをわれわれという風に、自分のものでないかのように、わざと隠すように言っているにすぎない。

「変貌するときに」と言っているように、同じものが変わっていくととることが出来る。同じものが毛虫、石等とそれらに差はない。「外界の方が自分を魅した」と言っているように、内界に入っていけないのがおかしい。外がわの変貌だけになっている。両方、全体を見るのが、内面に入っていくことだと思う。つき物によって、差を持てないようにさせていたんだ。そういった症状的なものがあったのではないか、次々と外側だけで言っている。

痛み、かゆみが中心となって、身体の中に入って『鍵のかかる部屋』等のようにさせている。先生はボディビル等でそれを失くすように努力したのだろうが、終生よくならなかったということだと思う。これが『葉隠入門』の中に書かれている。「自由意志の極致のあらわれと見られる自殺にも、その死へいたる不可避性には、ついに自分で選んで選び得なかった宿命の因子が働いている」ということだと思う。宿命が外からか、内にあったものかわからないような、宿命のようなものだったのだろう。それを美といっている。

また、『鍵のかかる部屋』の中で「一雄の世界は瓦解《がかい》し、意味は四散していた。肉だけが残った。この意味のない分泌物を包んだ肉だけが。それは見事に管理され、完全に運営され、遅滞なく動いていた。医師の言ったとおりだった。百パーセントの健康」。『美しい星』の全くの健康という言葉になっている。医者にみせたのかも知れないが、百パーセントの健康と言われたのかも知れない。

『煙草』にはこのように書かれている。

私は学校を囲む起伏の多い広い森のなかを散歩するのを好んでいた。……沈《ちん》鬱《うつ》な沼地が森のなかに散在していた。それは恰《あた》かも森の下水《したみず》が青空に憧《あこが》れてここに集まり、また暗い地下へと還ってゆくための憩《いこ》いの場所のようで、重い灰色の水は少しも動かぬようにみえながら、ひっそりと輪廻《りんね》しているのが窺《うかが》われた。沼水のこのひそかな営みは時折私を魅した。朽ちた沼べりの木の根に腰をおろし、落葉が夢みるように徐《しず》々と漂うてゆく水の面《おもて》を私はみつめた。……そのなかを美しい一枚の落葉がきらめきながら、動きの緩《のろ》い沼の生き物のように、ゆっくりと飜《ひるがえ》りながら沈んでゆくのを見たときに、私はそれをみまもっていた刹那々々を、理由もなく幸福に感じた。

周りについていけない少年、その心を知ることが、この作品のすべてであると思う。その裏につき物的なものがある。それを匂わす、はっきりと示した自伝であり、先生の原初を知ることにつながると思う。つき物があるからついていけなくなった、非社会的にならなければならなくなった。前に言った『鍵のかかる部屋』『金閣寺』すべて非社会的なものを言ったし、そんなことは誰も言わなかったが、ここではっきり『煙草』で言っている、非社会的なこころがあったのがわかる。

あの『鍵のかかる部屋』も、痴的なもの「考えた、考えられた、つなげて言った」と私の解説は信じられないかも知れないが、この『煙草』の周りについていけない心理からは、つき物が中期に達すれば、ああなってしまうとは十分考えられることだ。その意味で『煙草』は正しいと思う。『細雪』の雪子の周りについていけない、それが『煙草』の少年の後身といえる。

一人授業にも出ず、学校を離れて森の沼水をじっと見ているような少年の（孤独だけでは説明がつかない）、この小説にはつき物に圧倒されかかってきている

彼の心がよく描かれている。そこでは運動能力にも少し支障をきたしているだろうし（つき物、痛みの性質から言って）勉学にもついていきにくなっている。周りについていけない少年は、こんな所へ来て、怠けているという罪悪感と同時に、一種の安ど感を味わっている。その少年の頭の中を私なりに憶測すると…

例えば彼はあることを考えようとする。それについて、しきりに何かを思い浮かべてみる。しかし何も浮かんでこない、これ以上を考えようとしても考えられない。そんな感じだった。そんな状態の少年は人の群れを離れて孤独にならざるをえない。〈森の下水〉〈輪廻〉等、みなおかしな発想、表現になっている。頭が少しおかしくなってきている。先生は『煙草』についてこう言っている。

旧作を読み返しておどろかれるのは、少年時代、幼年時代の思い出、その追憶の感覚的真実、幾多の小さなエピソードの記憶等が、少なくとも二十代の終り近くまで実によく保たれていたということである……それに『煙草』一編の、煙草の匂《にお》いやラグビー部の「メランコリックな」匂いにしても、病弱な少年にとってこそ……

この記述から『煙草』が自伝的な作品だと思われる。つづいてこのように書かれている。

それらを一切失わせたのは、一つには年齢《ねんれい》と、一つには社会生活の繁忙とであろう。きめこまやかな過去の感覚的記憶を玩弄《がんろう》していられるのは、肉体的不健康が必要であり、健康体はそのような記憶に適しないのであろう。私が幼年時代の柔《やわ》らかな甘い思い出を失う時期が、正に、私の肉体が完全な健康へ向う時期と符合しているのである。

と言っているが、このようでは小説等も書けないかも知れない。ボディビルを匂わすようなものもある。「何らかの病気を患っていたのだろう」と知人は言ったことがあったが、ここをとらえて「何らかの病気」と言ったのではないか。この『煙草』には何らかの病気をあらわすようなものが出ている。『詩をかく少年』にないものが、はっきりとついていけないものを感じさせる。

先生らしくない、文学的でない、この文学的でないのをとらえて評価しなかったのではないか。でも先生はそこにつき物的な真実をあらわしている。ということで先生は逆に、この自伝的な作品を嫌ったのではないのだろうか。そこに痴的な日本的な風景がよく出ている。

先生は太宰治氏を嫌っていた。先生は太宰治氏について「もちろん私は氏の稀有の才能を認めるが、最初からこれほど私に生理的反発を感じさせた作家もめずらしいのは、あるいは愛憎の法則によって、氏は私のもっとも隠したがっていた部分を故意に露出する型の作家であったためかも知れない」と言っていたが、そこに自伝を極端に嫌った所が出ていると思う。三島文学の基本をなすものは、このような痴的なもの、非文学的なものなのだ。普通からはこの『煙草』はごく初期の作品で、これが後の『金閣寺』『豊饒の海』等につながっていき、美学に通じていて、結末をとげるということが普通かも知れないが、でもこの『煙草』の中にすべてがある。その意味でこの作品は、欠くことの出来ない重要な作品と言えるだろう。

これは自伝的な作品と言える。だったら私の考え方からして、つき物、痴的なものが出ているのは間違いない。でも、その描かれているのを人はあまり感得しなかったのではないか。

「伊村さん」私が呼びかけたので皆は一せいに私を見た。私は一生懸命だった。「たばこ一本下さい」――上級生たちはどっと笑った。「本当に吸えるのか」と言って私にわたした。

ここにこのように書かれている。

私が伊村に望んでいた答は全く別のものであり、その唯《ただ》一つの正しい答に私は凡てを賭《か》けていた筈《はず》だった

伊村に望んでいたものは「たばこ一本ください」であり、他の人達もそのことを考え「吸えるのか」等言ったのだが、少年の望みはそうでなかったのは言うまでもない。では何を望んでいたのか。私の考え方からすると、周りについていけないもの、あるいはつき物、痴的なものを言いたかったのだろう。

「たばこ一本下さい」それが本心ではなかった。別のものがあったのだ。伊村には全くわからなかったと言っている。伊村が私のこころを察して言ってくれたら共感を得られたのだろう。でも伊村がわかってくれて言ってくれるとは期待していなかった。そう言ってくれれば対処の仕方はあったのだろう。三島先生は、つき物、体力のなさを言ってない。周りについていけなくなったことを直接言っていない。

それを感得するかどうかだろう。これはつき物的のことを知る、最も近い所にいることになるだろう。「伊村さん」「たばこ一本下さい」の心のうらに、伊村といおうか、周りについていけない所がある。この作品を川端康成氏が読んで、雑誌に紹介してもらったのが作家になるきっかけになったが、この中に川端氏は、痴的なもの、つき物的なものを感じたのかも知れない。川端氏の言葉に「欠点でも、長く持っていれば、安心立命につながるだろう」という言葉があるが。

評論『太陽と鉄』の次の箇所があの『煙草』『詩を書く少年』等と同じことを言っ

ているのから『太陽と鉄』もつき物を語った作品と私は解釈している。この評論は難しいものだが、私の理解出来る所だけ書いてみたいと思う。

私はかつて、窓に倚《よ》りつつ、たえず彼方から群がり寄せる椿事《ちんじ》を期待する少年であった。自分の力で世界を変えることは叶わぬながら、世界が向うから変ってくることを願わずにはいられず、世界の変貌は少年の不安にとって緊急の必要事であり、日々の糧《かて》であり、それなしには生きることのできぬ或るものだった。世界の変貌という観念こそ、少年の私には、眠りや三度三度の食事同様の必需品であり、この観点を母胎にして、私は想像力を養《やしな》っていたのである。その後、世界は変ったようでもあり、変らぬようであった。たとえ私の望むような形に変った世界も、変わったとたんにその芳醇《ほうじゅん》な魅力を喪った。私の夢想の果てにあるものは、つねに極端な危機と破局であり、幸福を夢みたことは一度もなかった。

世界の変貌という言葉が出てくる。これは一般的な解釈として、先生に肉体的劣等感があり、椿事に近づけないが、でも実際は椿事に引かれている。内に戦い、死を望むような彼の心情が述べられているとも言える。でもこれはこのように解釈すべきだろう。

この〈世界の変貌〉があの『詩を書く少年』の、毛虫から蚕、それからレースへのイメージという風に変えて詩を作っていく。また『煙草』の水を見ている状態〈みまもっていた刹那々々を〉普通はせつなせつなを考える人はいない、そのせつなせつなという感じ方をするのも、その些細な変化も、一つの世界の変貌にあたるのではないか。〈自分の力で世界を変えることは叶わぬながら、世界が向うから変ってくることを願わずにはいられず、世界の変貌は……〉は『詩を書く少年』の世界を言っている。

例の頭の悪さから自分で世界を変えることは出来ず、外界からの変化（ひるがえっていく〉を待つような、向こうから変わってくるのを待つ、受身にならなければならない。〈私の夢想の果てにあるものは、つねに極端な危機と破局であり、幸福を夢みたことは一度もなかった。〉いろいろ下水など考えていったその果てにあるものは、彼に感じられるものは、つき物のよくない状態のものとしてあると言える。例えば、死ぬかも知れないといったこと、その当然の帰結として幸福ということは考えられなかった。これは短編小説『急停車』でそのように説明出来る箇所がある。

『結局甘美だったのは』と杉雄は考えた。『……一瞬《しゅん》ののち、でなくても三十分のちには、存在がのこらずその相貌を変えるかも知れないと常住感じていたあの感情の緊張だった。一刻のちには死ぬかも知れない。しかし今は健康で若くて全的に生きている。こう感じることの、目くるめくような感じは、何て甘かったろう！　あれはまるで阿片だ。悪習だ。一度あの味を知ると、ほかのあらゆる生活が耐えがたくなってしまうんだ』

物語の文脈から（戦争時のことを思い出している）この引用文を読むと、一種の死への希求みたいなものを語っているとも取れる。これよりだいぶ前に『甘っちょろい、子供だましの、単調な仕事だ』と青年は思ったと書かれているが、この『』の内容は、どう考えても思想的に重要な意味を持っているとは言えないだろう。なのに『』で強調している。そこに、やはり何かつき物との関連で言われていると思う。そこから類推して、これが必ずしも思想的な背景があって言われているとも言えない。

一瞬ののちということ。これも何か今、つき物がおそってきていて、苦しい状態にある。彼にとってはその次はもう自分はないのではないか、一瞬後にはもう自分は死んでいるのではないか、といったような恐怖感におそわれているのではないか。〈感情〉つき物を今感じている心と言っていいだろう。ただ単に、つき物のことだけが背景となって言われている文ではないか。〈生活が耐えがたくなる〉という言葉から連想して、その言葉を素直に、普通に読み込まないことだと思う。死を後《あと》にした幸福感、死ぬことの幸福、思想的にその甘さ以外が希薄に感じられたという読み方をしないことだろう。この死ぬかも知れない、その前に感じられた甘いという言葉、これはその死ぬことに対して、それと比べて相対的にそうであるということ、その死ぬかも知れないと思っているその苦に比べたら、その前のかすかに今生きているんだという感慨は、甘く、それよりはよく思われたのだろう。

ここからは三島先生の死についてのことを語らなければなるまい。『太陽と鉄』の中でこのように書かれている。そのことについて述べ、それから私の考え方を述べなければなるまい。

私がその後送った一ヶ月半の短い軍隊生活は、さまざまな幸福のきらめく断片をもたらしたが、中でも、もっとも無意味に見え、もっとも非軍隊的に見える瞬間に味わった、忘れがたい万全の幸福感については、どうしても書いておかねばならぬと思う。……夏の夕方の体育の美しさに思うさま身を浸《ひた》したのち、古い校舎と植込の間をゆく、孤独な、荒くれた、体操教師の一刻はこのとき確実に私のものになった。

そこには何か、精神の絶対の閑暇があり、肉の至上《しじょう》の浄福《じょうふく》があった。夏と、白い雲と課業終了のあとの空の、何事かが終ったうつろな青と、木々の木漏《も》れ日の輝きににじんでくる憂愁の色と、そのすべてにふさわしいと感じることの幸福が陶酔を誘った。私は正に存在していた。

この無意味な瞬間に味わった万全の幸福感というものが、どんなものだったのか、それを確実に指摘することは難しいが、つき物というものを全く感じさせないという健康な幸福感というものであったのではないかと思われる。この〈そこには何か、精神の絶対の閑暇があり、肉の至上の浄福があった〉にそれを感じさせる。〈私は正に存在していた〉というのも、全くつき物を感じさせないという形で私は存在していたと言えるだろう。これが、肉体に苦がないという感じを、肉体の言葉を言っている。しかしその幸福感は一瞬の間、味わっただけで雲散霧消した。先生はその幸福感が再び招来するのはどうしたらいいかと考え、次の言葉の結論にたどりつく。

そのときまさに、要請された敵手のナイフは、林ごの果肉へ、いや私の肉へ食い込んでくる。血が流され、存在が破壊され……それは死だ。

かくて私は、軍隊生活の或る夏の夕暮の一瞬の幸福な存在感が、正に、死によってしか最終的に保証されていないのを知った。

こう語っていることで、万全の幸福感が、死の直接原因になっているのがわかる。結局、今述べてきたようなものが、あの市ヶ谷自衛隊での行動につながっていくのではないのだろうか。この中の「万全の幸福感」というのは何なのだろうか。それを確実に指摘することは難しいが、つき物的なものが全く感じられないというものではなかったのかと考えられる。「そこには何か、精神の絶対の閑暇があり、肉の至上の浄福があった」と言っているが、要するに死に赴《おもむ》いたものは、中心的なものが、肉の至上の浄福であったというのは間違いない。そのことを『太陽と鉄』で先生は言っているのだ。だから言わば先生の実像なのだ。

精神的、思想的なものではなかったと言える。檄文とか精神的なものではなかった、思想的なものでなかったのは言うまでもない。また他人的なものは全くない、自分に関したことだけが死に赴いたと言える。この中の「肉の至上の浄福があった」の言葉からは、あのボディビル等の幸福があったと考えられるが、普通からは肉の幸福感のさらなる上の幸福感は考えられない。そんなものを先生が求めていたとは考えられない。

だったらその味わった万全の幸福感とは何だったのか。そこからは肉の幸福といっているが、本当は幸福ではなかったと言えると思う。実は不幸感があったのだ、だから幸福を求めたのだ。その幸福は一瞬の間味わっただけで雲散霧消したと言っている。それは事実である。そう言っているのからは、そして、それを取り戻すためにはどうしたらいいと考え、それが割腹自殺へもつながったと言っている。一瞬幸福を感じ味わっただけで、再び不幸感に逆戻りしたと言っている。これらの言葉からあのつき物的なものを感じられる人はいるだろう。

まさにそれだったのだ。あのつき物的なもの、苦しめてきたものが、一瞬味わった、全くつき物的なものがない状態からそれがまた元に戻った。実際自分のつき物的なものは失くならないと先生は感じたに違いない。三島先生はスウェーデンボルクのことを一言、書いてあったが、そこからいってスウェーデンボルクのことは知っていたと思われる。また先生も何事も永遠を抜きにして考えることが出来ないと言っていた。これは丹波哲郎氏の「霊界問答」からの言葉だが、「病身の人間でも、目、耳などに障害を持つ人間でも、また手足の不自由な人びとでも死後の世界ではいかなる欠陥も取り除かれて、全くの健康体に戻るのである。」

このことも、先生の死の謎を解くことにつながっていると思う。死ねばそのつき物の苦がなくなるのを先生は知っていたのだ。あの世があるのを知識として直感的に知っていたのだろう。そのことがあって、死んでも失くならない、またつき物はなくなると考え、どうしても死ななければならなかったのだ。あの世の知識がなかったのなら、先生は死ぬことはなかったと言っていいだろう。つき物的なことが、ほとんどの人に理解出来なかっただけだと思う。それとあの世のことの存在が大きかったと思う。その幸福感は一瞬の間、味わっただけで雲散霧消した。先生はその幸福感がふたたび招来するのはどうしたらいいかと考え、この所が最大の謎になっていると考えられるが、それがわからないから謎としてとらえられていたのだろう。

私は『仮面の告白』の中で、男色が仮面であり、それによってそこで自身のもっているつき物を語ろうとしたのだと考えられなくはないと言ったのだが、三島先生はこの後でこう言っている「告白（この場合はつき物のことと私は考えたい）と言うが、告白も、かくあるべきだ、こうなりたいんだ、けれどもこうならなかったと言う、それを語るのが告白であって……」（昭和四十五年）と書いているが、これは『太陽と鉄』の死にゆく状況と同じことを言っている。ここからも仮面が男色ならぬつき物的なものであったのを、隠していただけで、それを見事に言っていると思う。

そのつき物的なものが一瞬感じられなかった、また無くなったというメカニズムは、わかりにくいが、そう書かれていることからそれを信じなければならない。そのつき物的なもののない幸福感を味わったことが、またそれが雲散霧消して、もう二度と味わえないということが死の原因になっている、それが死の謎を解く鍵と言えるだろう。

『太陽と鉄』の冒頭には次のような文が出ている。

私が「私」というとき、それは厳密に私に帰属するような「私」ではなく、私から発せられた言葉のすべてが私の内面に還流するわけではなく、そこになにがしか、帰属したり還流したりすることのない残滓《ざんし》があって、それをこそ、私は「私」と呼ぶであろう。そのような「私」とは何かと考えるうちに、私はその「私」が、実に私の占める肉体の領域に、ぴったり符合していることを認めざるをえなかった。私は「肉体」の言葉を探していたのである。

このもう一人の私が、前の引用文の、椿事を待つ少年（私）と同じということで、やはりつき物に関連していると思う。が、順を追って考えていくと、もう一人の私とは何なのか？

〈厳密に私に帰属するような「私」〉これが普通に言う「私」ということであり、〈私から発せられた言葉のすべてが私の内面に還流〉これも同じで、我々が普通に言っている精神の「私」というものである。〈そこになにがしか、帰属したり還流したりすることのない残滓《ざんし》があって、それをこそ、私は「私」と呼ぶであろう〉と言っている。このもう一人の私が残滓につながっていると言っている。このもう一人の私がわからないから謎に思われていた。

この文から憶測出来るのは、あの『煙草』『詩を書く少年』の私であると思う。私の考え方からするとそれが痴的なもの、つき物を持った私と言えるのは間違いない。その考え方からすれば、その私が残滓、あるいは特異なものを持った少年等と言える。そこからこの残滓は私の考え方からすれば、あのつき物のことを言っているとは当然考えられる。残滓＝つき物と言える。

ただ、つき物が残滓ではないとは言えるかも知れないが、その残滓がつき物であったのなら、私の言っていることは残滓と同じことを言っていると言えるが、そうであるならば三島＝中西と言っていいのではないかと私は思う。この残滓ということ、これは一種の残り滓《かす》というか、絞《しぼ》り滓といっても、そう直訳しても遠いものではない。言うなれば先生はそのように感じられたのだと思う。しかし私は終始一貫して、黒羽先生以来、そのつき物ということを使ってきた、つき物、残滓、それが痛み、美であることは十分考えられることである。

重要なのでもう一度言うと、ここで重要な言葉が出てくる。残滓と言っている。その残滓がどんなものかはっきりしないが、この言葉は先生の言葉である、多分絞り滓といったものではなかったのかと思う。このことが私のつき物のことではないか、同じことを言ったものではないのだろうか。その頃、つき物ということを先生が思い浮かべていた可能性は低いが、ここでそのことを言ったのだと思う。この中でそれが「私」だと言っている、残滓が私だと言っている、それが肉体の領域にぴったりと符合していたと認めざるを得なかった、私は肉体の言葉を探していたと先生は言っている。

要するに、言葉に従えば、残滓、肉体の領域、肉体の言葉であったと言っている。このことは前著『三島由紀夫の死の謎を解く』の文を思い出していただきたい。あの万全の幸福感、それが死につながったと先生は言っていた。そしてその万全の幸福感が肉体的なものだったと言っている。私も精神的なものではなかったと言った。そこからあの万全の幸福感、私はつき物が一瞬感じられなかったのがまた元にもどったと言った。その感じられなかったものが元にもどったものは肉体に関したものであった。それを私はつき物と言った。

先生は肉体の言葉から、それが残滓だと言っている。言うなれば私の言ったことは、先生の言ったことと同じことを言っていたのだ。つき物＝残滓と証明出来たと思う。あの死に向かったものが、残滓であった、つき物であったとはっきり証明出来た。私は死の謎を解いたのだ。中央の方は私の考え方を否定するかも知れない。誰も書いていないことを言ったといって、でもかなり証明したものを否定することは出来ないのである。

でもそうは言っても、私のものはやはり消えていかなければならないかも知れないが、文芸社の方、あるいはサンマーク出版の方に、何らかの形で大々的に宣伝していただきたい。それが私の目的だったのだから、人に知れることが両親への親孝行になるのだから。

何度も言ってくどいようだが、ここで考えられるのは、絞り滓、私の考え方からすれば、痛みとはその二つは違うのではないかと思うだろう。でも症状を告白するのに一種類の考え方ではなく、多種類ある可能性が強い。先生は痛みを感じたのだろうが、もっと違った感じ方があったのではないかと考えられる。それを否定することは出来ないと思う。先生もそれを知っていて「肉体の言葉を探していた」（肉体から感じられるもの）と言っている。四〜五種類ある可能性が強い。『鍵のかかる部屋』の中で、分泌物を包んだ肉だけがという言い方をしている。

『孔雀』ではこんもりとしたものと言ったし、そのこんもりも残滓の一種の感じをいっていると言っている。こうなりたいんだ、でもこうならなかったというのが、先生の最後の告白だが、それが肉体の言葉（肉体に感じられるもの）であるのは間違いない。

先ほどの引用文の文に続いての文章。

つらつら自分の幼時を思いめぐらすと、私にとっては、言葉の記憶は肉体の記憶よりもはるかに遠くまで遡《さかのぼ》る。世のつねの人にとっては、肉体が先に訪れ、それから言葉が訪れるのであろうに。私にとっては、まず言葉が訪れて、ずっとあとから、甚《はなは》だ気の進まぬ様子で、その時すでに観念的な姿《すがた》をしたところの肉体が訪れたが、その肉体は云うまでもなく、すでに言葉に蝕《むしば》まれていた。……言葉は、硝酸が銅に対応するように現実に対応しているとは云えない。

〈世のつねの人にとっては、肉体が先に訪れ〉この肉体は普通の意味の誕生（出生）と言っていいだろう。そして〈それから言葉が訪れる〉これが、考え方にもよるが、言葉の習得と考えてもいいだろう。でも、私にとっては、その言葉の習得は〈肉体の記憶よりもはるかに遠くまで遡る〉この私の場合の肉体を私は例の残滓と考えたい。それは十代の半ばだろうから、言葉の習得よりははるかに遅いと言っている。〈気の進まぬ様子で〉と書かれているが、そのつき物は何も自分が望んだわけのものではない。〈観念的な姿をしたところの肉体が訪れた〉あの『煙草』の、少し頭がおかしくなり、下水とか輪廻とかの少し観念的な言葉を使っている残滓の状況を言っている。〈言葉に蝕まれていた〉は、今のことを言っている。

〈言葉は、硝酸が銅に対応するように現実に対応しているとは云えない〉これもそのことを言っている。下水などのこと、地下水なら現実に対応した考え方だが、下水《したみず》ではそうでないと言える。そこからもこの箇所がつき物のことを語っていると思われる。この文は孤独な少年というだけで言えないものがある。下水ではダメで、地下水でなければならない。そこからも、ここが痴的なもの、残滓が関わっていたのを証明出来る。

この評論『陶酔について』の文は、前に言った「知性に抵抗を与える素材」の所が含まれる文だが、年来のボディビルのおかげで体力的にも自信がつき、以前からのあこがれであった神輿《みこし》を担ぐ縁になる所を描いたものだが、神輿を担いでいる写真を見た人もいるだろうと思う。

ワッショイ、ワッショイ、このリズムある掛け声が神輿の脈搏なのである。その掛け声の間にも肩にかかる力は目まぐるしく増減する。ここで問題となるのは次の所である。


リズムある懸声と力の行使と、どちらが意識の近くにいるかと云えば、ふしぎなことに、それはむしろ後者のほうである。懸声をあげるわれわれは、力を行使しているわれわれより一そう無意識的であり、一そう盲目である。神輿《みこし》の逆説はそこにひそんでいる。担ぎ手たちの声や動きやあらゆる身体的表現のうち、秩序に近いものほど意識からは遠いのである。（傍点：三島）

これは一見、何を言っているのかわからない文だが、（傍点：三島）の所に先生の心があらわれていると思う。残滓のことを考えるとわかると思う。ここらの箇所も誰も解釈した人はいないかも知れないので、どうしても文学界で議論していただきたいと思う。

〈リズムある懸声と力の行使と、どちらが意識の近くにいるかと云えば、ふしぎなことに、それはむしろ後者のほうである〉と言っている。これは考えてみるとおかしい。肩の方が懸声より、より意識に近いと言っていることになる。普通は懸声があり、それから肩の動きがあるのだから、懸声の方が意識に近いと思う。でも先生はそうではないと言っている。〈懸声をあげるわれわれは、力を行使しているわれわれより一そう無意識的であり、一そう盲目である〉と言っている。

要するに、秩序に近いものほど意識から遠いのであるということを言っている。私が言いたいのはこのことである。懸声を上げている、それを聞く人は、意識に失くなってきて、無意識的になっているのである。意識から遠いというのは、もう頭に入っていない、盲目になっていて、わからないということだと思う。要するにその時残滓、つき物があって、わからないということだと思う。実際先生は目をつぶっていたかはわからないが、開いていても、もうわからなくなってきたのだ。そのことを（傍点：三島）で先生は証明しているのだと思う。

小説『三熊野詣』にも残滓が描かれていると言えるだろう。常子が先生と二人で那智大社への階段を登っていく場面。

　これを窺《うかが》う常子も、おのずから先生に対して弱音を吐くことはできない立場に置かれた。心臓が咽喉《のど》元に突き上げて来るようで、歩き馴れない膝は痛み、脛《はぎ》は痛み、足は次第に雲を踏むように覚束なくなる。それに何という、地獄のような暑熱であろう。目もくらめき、気も失わんばかりの疲労の底から、やがて砂地に湧き出る水のような浄いものが溢れてきた…そこではもしかすると……と一つの考えが心に生まれたとき、それを杖として縋《すが》って、登りつづける勇気が常子に生まれた。

そこではもしかすると、先生と自分がすべての繋縛《けいばく》を解き放って、清らかなままに結ばれる定めが用意されているのかも知れない。十年間、心の隅にさえ泛《うか》べたことのない望みであるが、尊敬をとおして、尋常でない神々しい愛が、どこかの山ふところに、古い杉の下かげに宿っているのを夢みたことがあるような気がする。それは世のつねのありきたりの男女の愛のようなものであってはならない。見かけの美しさを誇示し合うような凡庸な愛である筈もない。先生と自分は、透明な光の二柱になって、地上の人間をみんな蔑《さげす》むことのできるような場所で相会うのだ。

その場所が、今息を切らせてのぼる石段の先にあるのかも知れない。あたりの蝉の声も耳に入らず、常子はただ頭上から直下に照りつける日の、それ自体が目まいのような光を項《うなじ》に感じながら、いつしか光かがやく雲の上をよろめき歩くような心地になった――熊野那智大社の境内に達したとき、冷たい手水《ちょうず》所《どころ》の水を髪にふりかけ、咽喉を潤してようよう落着いて眺めわたす景色は、浄土ではなく明るい現実のものであった。

これは、普通に読んで、暑さにただ悪戦苦闘しているだけの常子と言える。この杖としてという言葉も、その暑熱のような暑さが背景にある。それに耐えるためには、短い距離ではあっても、頂上までの間に先生とのことをいろいろ考えてでもいかなければ乗り切れないのである。浄水で髪を冷やしてほっとしたのだろう。あたかも現実にもどったような気持ちがしたのだろう。しかし、この最後の〈明るい現実のものであった〉というのは、何か普通ではないものがある。私のいう残滓という視点でこの文章をみていくと、全く様相を異にしたものが表れ出てくると言えるだろう。

この文中の〈膝は痛み、脛は痛み〉は、例の〈痛み〉から、その延長にあるものとして考えていけば、以下の文章も合理的に考えることが出来る。残滓の症状的なものがあって、それが影響しているものを述べている。〈目もくらめき〉など、すべてマイナスの面のことばかり言っている。残滓を言っているといっていいだろう。読者にとって一番変に思われるのは〈気も失わんばかりの疲労の底から〉という言葉、そこからもこの言葉はおかしい。何らかの症状があったのは明白だろう。

この〈膝は痛み〉などの痛みのことが自己に感じられているあの痛みに通じている。でも、その痛みの場所、あの感覚的実在の本体は、おそらく膝などであるとは言えないだろう。やはりあの民族、国家主義の所で言った。広がっているといった所から、膝などへもそれが感じられているのだろうと思う。〈気も失わんばかりの疲労の底から〉と言っているがこれもその残滓による自己の、若いが体力のないのをそう言ったのだろう。階段を登り始めたばかりでこのように体力を失くすとは考えられないことだ。夏とはいいながら。私は『煙草』の所で、運動能力を欠いていると言ったが、そこからも考えられることだ。この〈目もくらめき〉にそれが表れている。

　この引用文の中程では、そのことから常子はかなりわからない状態になってきている。もう美がおそってきていて何も考えられないようになってきている。しかし、人間はそのような何もわからないような時間と空間の中で何も考えずに生きていくのは（しかも暑熱の中で）大変な苦痛だろう。それが〈それを杖として縋って、登りつづける勇気が常子に生まれた〉という文章になって表現されているのではないか。それ以後の文章は、何か今言ったものを受けつぐという形で述べられているような趣がある。以後一種尻取り式に語られている。

〈神々しい〉という言葉には、何か木がたくさん繁《しげ》っているイメージがあるが、そこから次の〈どこかの山ふところに〉のイメージにつながっている感がある。

でも、考えてみると不思議である。何かおかしな文である。どこからその二つをつなげて言っているのだろう。そこからは私のような考え方も成り立つのである。〈山ふところ〉から、山奥の方の古木の宿りというふうなイメージから、次の〈古い杉の下かげに宿っているのを〉と思い浮かべている感がある。当然、山ふところというのは、人の手入れも行きとどかないから古い杉であるだろう。だからここも二人の愛のことを言っているのではないということ。そこまで頭が働かなかったということだろう。その宿っているということ、寝ている、そこで夢を見ているといったものから〈夢見たことがある〉というふうに考えだされた趣がある。

健全な頭から理路整然と語られている文ではない。でも、そのようにも取れるのである。ここで先生と私の愛の望みを語っているというふうに。しかし、常子が階段を登りつめて以後の〈ようよう落着いて眺めわたす景色は、浄土ではなく明るい現実のものであった〉の文章からは、仮にそのように愛のことを思いつめて登っていたという見方からは、そのことと整合性が取れない、つながってないのは明りょうだろう。そこからも私のような考え方をする方がより実体に近づくものだと思う。

　そして、〈夢みた〉から、夢、それは現実的な普通のようなものではない、そこから、ありきたりでないという言葉が連想されている。これらは何も、残滓ということを前提におかずとも、目をつぶり、意識をこらすことで連想されることだろう。〈ありきたりの男女の愛のようなものであってはならない〉から、普通の男女のことをここで否定していると言える。存在と言ってもいいかも知れない。そこから〈見かけの美しさを誇示し合うような凡庸な愛である筈もない〉につながっていく。でも、実際この文はよく出来ている。先生と常子は見かけの美しさとは程遠いカップルではある。だから、普通からはこの引用文は二人の愛を語っている文とはとれるだろう。

　また、〈見かけの美しさ〉ということ、それを〈筈もない〉と言って否定しているところから透明の連想が生まれたのだろう〈見かけには何か透いて見える感じがある）。この先で相会うという先、場所というのも、自己の頭部の方をおそらく言っているのだろう。すぐ後の〈目まいのような光〉と言っていることから十分考えられることである。次の〈蝉の声も耳に入らず〉という状態の時は、もうすぐ前のことは忘れている、考えようとしても考えられない、すぐ前に言ったことと今とを論理的につなげて考えられないという、どうしようもない苦が、彼女を支配しているだろう。

支離滅裂、彼女の世界は瓦解しているし、意味も四散している。なんと苦しい認識だろうか（この言葉が小説『鍵のかかる部屋』の中に出てくる。そのことから考えても、ここの私の解釈は、わかりにくいけれども正しいと思われる）。〈声も入らず〉そのままを言っている。仮に入っても、それを周りの現実とつなげて普通に見、考える形で理解出来ないかも知れない。もう照りつける日だけの認識しかない、出来ない。それほど周りが美（わからない状態）になってしまっている。

でも、言うまでもないことだが、常子は今階段を登っているのはわかっているし、また、そのことしかわからないとも言える。わからなくいろいろと思っているということと、二人で石段を登っていることとしか、おそらく彼女にはわかっていないだろう。〈ようよう落着いて〉という所、やっと手水所の水と共にその周りの景色（現実）を認識したのだろう。美が一種去って行ったと言っていいのかも知れない。三島先生はこの作品を書いたときは四十歳になっていたが、まだつき物は巣喰っていたのだろうか。

この『三熊野詣』については、新潮文庫の『殉教』の解説の高橋睦郎氏の名文があるので引いておきたい。

ここにこの自選集のための、三島自身の簡単なノートがある。氏の代表的な短編の題名とそのページ数が一枚の紙に横書き二列に並び、そのうち九つの題名の頭に丸印が付けられている、九つの題名はすなわち、この自選集に収める九編の題名である。丸印の付いた題名の後にはそれぞれ短い脚注がついていて、それを紹介すれば次の如くである。

軽王子《かるのみこ》と衣通姫《そとおりひめ》…貴種流離《きしゅりゅうり》
殉教…詩人の殉教
獅子…神的な女
毒薬の社会的効用について…詩人の俗化
急停車…反時代的孤独
三熊野詣…老人の異類
孔雀《くじゃく》…美少年の孤立
仲間…化物の異類

そして、余白に数等大きな文字で「異類テーマ全311頁」と書かれ、無造作な丸で囲まれている。これが自選集に関する氏のノートのすべてである。私たちは、これらの箇をきわめたキー・ワードから氏の意図を解読しなければならない。

まず「異類テーマ全311頁」とあるからには、この一冊のテーマは異類でなければばならない。ところで、異類とは何であろうか。いずれにしても、マイナスの存在ということが出来よう。それでは、三島氏は、これらの短編で一貫して負の存在を描こうとしたのだろうか。

ここで私たちはいま一度、九編の題名の脚注を顧みる必要がありそうである。顧みて、そこから目立たしい言葉を拾えば、それは貴種であり、殉教であり、反時代的であり、美少年であり、孤独である。つまりそれらは負であると同時に正である存在、さらに言えば負であることにおいて正である存在ということになる。

そして、この方程式の解答は一言に「貴種流離」という言葉で表されるであろう。貴種流離譚《たん》とは天上の存在が或る犯すことがあって地上に下り、流離の果てに甦《かむあが》って再び天上の存在となる一定した筋を持つことを説明している。これを正負の概念に換言していえば、貴種なる正の存在は流離という負の状況によって負の存在となるが、逆に流離なる負の状況に徹することによって貴種であることを全うする、すなわち完全な正の存在となるのである。

しかし、この引用文も私の残滓説を当てはめてみると、またニュアンスの違ったものになってくる。これらの作で、おそらく先生はマイナスの、負の存在を描こうとしたのだろう。でも、貴種流離ということは、例えば有為子《ういこ》の肉体を思って暁闇を走る溝口について当てはめて考えれば理解出来るかも知れない。その流離というのは、あの犯罪者まがいの溝口の有為子の肉体を思う心、その中でのつき物の相と言える。でも、それは本来の彼の姿ではない。確かにそれは彼の欲求によって起こってきたものだが、その欲求の本来起こってきている由来を、純粋な意味の彼自身に還元することは出来ない。本来の彼でないと言える（すぐ前に書いた『訃音』もそうである)。

残滓によってそういったふうにならずにはいられない。彼にとってはその欲求も一種の苦(流離の姿)であったと言えるだろう。あのつき物が起こる前の先生という貴種はつき物という流離によって負の状態になるが、しかし、負の状況に徹することによって、貴種であるということを全うする、正の存在になる。私の解釈によれば、彼がつき物という流離により貴種であるということを全うするというより、貴種というものにふさわしいものになると言ったほうがいい。だから、貴種流離とは、その残滓に苦しめられていること、また、その人を言っていると言っていいだろう。そして高橋氏は『三熊野詣』の(老人の異類)ということから、

この些《いささ》かあからさますぎるまでに折口信夫《おりぐちしのぶ》博子をモデルにした短編で、氏が罰しようとしたものは、何よりもまず、氏自身に訪れるはずであった老いであろう。

と言っている。老人と言っているのから、ここで折口先生のことを言っていると思う。でも、この作品の主人公は常子である。ここでは常子のことを言っていると私は思う。『三熊野詣』の中で常子が階段を登り始めたばかりで体力を失くしていると言ったが、言いかえれば、この体力のなさは老人のようだとも言える(常子は中年)。そこから先生は老人の異類と言ったのだと思う。

私も「目もくらめき等マイナスの面のことを言っている」と言ったが、そこからも私の考え方は、異類ということもあっているし、老人の異類の私の考え方は議論をする価値は客観的にみて十分あると思う。この前で少し書いたが、小説『孔雀』のこの美少年の孤立ということも、読者には私の解説で少し理解してもらえると思っている。また『急停車』は、異類、貴種流離の所で脚注に反時代的孤独と書かれていたが、私が述べたここだけでも何となく、そのことが察せられるのではないか。

小説『獣《けもの》の戯《たわむ》れ』の以下の引用でも、残滓を表現していると思われる。

『あのとき俺は、論理を喪《な》くしたぶよぶよした世界に我慢ならなかったんだ。あの豚の臓腑のような世界に、どうでも俺は論理を与える必要があったんだ。鉄の黒い硬い冷たい論理を。……つまりスパナの論理を』

これは、幸二が逸平をスパナで頭部を乱打し、負傷を負わせ、二年ぶりに刑務所を出てきたときの感想として言われている言葉だが（当時、逸平をなぐるにいたった動機をここで述べている）、幸二が逸平をなぜスパナでなぐったのかはわかりにくい。この〈論理を喪くしたぶよぶよした、豚の臓腑のような世界〉ここに何か思想的な背景というものがあったのかとも普通は考えられるが、そのぶよぶよとした世界がどんなものか原文からは、はっきり読みとりにくい。

このぶよぶよというのは、この物語の筋から導き出されてくる論理と言っているという感じではなく、つながりのない、ここだけの意味の通りにくい文と言えなくもない。そこから、ここもただ、彼の残滓の、あるいは残滓の症状のことを言っていると言えるだろう。そのなぐったことは、主に自己の子細によりなされた行為だろう。自己の子細と、外界の彼がぶよぶよというふうに何となく感じられた世界もあって、それと相まって、二つが同時にあった。重なった、それがスパナでなぐりつけるという極めて冷酷な行為につながったと言える。その外界と自己の耐えきれない、どうしようもない、思うようにいかない、つき物の症状的なものに対して、くそっという感じでスパナを打ち下ろした。〈鉄の黒い硬い冷たい論理を。……つまりスパナの論理を〉

先生の作品にはこのように残滓の症状（ここではぶよぶよ）を表したであろうと思われる言葉がいくらか出てくる。あの金箔もそうだろうし、痛み、痒み、また前に出てきた、絞り滓など、いずれも感覚的実在のことを言っていると考えられる。あの『訃音』もその一例だろう。

出獄して沼津の町を歩いたとき、彼は夏の日覆《ひおお》いを深く迫《せ》り出した本屋の店頭に、沢山の附録を孕《はら》んでふくれ上っている美麗な児童雑誌の一ト山を見た。『あの附録の一つは、俺が作ったやつかも知れないぞ』そう思いながら盗み見た。彼は決して子供を持つまいと決心した。自分の子があいう附録を喜んでいじっている様子を見たら、おそらく許すことが出来ないだろう。彼は気むずかしい不快な父親になるだろう。

なぜ、あまり意味のないような『』内のようなことをその時言っているのか、言わなければならないのか。大体において、三島文学にあっては『』を用いる場合、何か特別な意味を持たせていることが多い。そのことからも、ただ単に思いつき程度に考えが述べられているのではないだろう。

確かに幸二は刑務所内で児童雑誌の附録を作っていたことがある。そして次に

「子供を持つまい」と言っている。この言葉を順次読み、この文脈の中で考えた場合、意味のつかみにくい言葉ではある（そのことは後の、いじっている様子を見たら不快な父親という言葉等でその言っている内容はわかるが、でも子供を持つまいとまで考えるのは言い過ぎだろう）。

なぜそう言っているのか、どこからその考えが導き出されているのか。こういった感じの文章は三島先生の文学にまま見つけられるが、このあたりにも先生の文学の内容として、一種の謎と感じさせているのかも知れない。やはりこれも、何か頭がおかしくなってきていて、わからなく、押さえつけるような中で、美が出現した中で言われていると考えてもいいかも知れない。そのふくれ上がっているというところに、例の残滓の自己の症状的なもの（個体の感覚的実在）の一つの特徴を言っているのではないか。

そして、彼は児童雑誌の一ト山を見たと言っているが、もうそのことしかわからないような状態になっているとも考えられる。それと、今、彼は自己の残滓の特徴の一つであるふくれ上がっているということが感じられているはずだ。その二つしか彼には認識されてない、出来ないとは想像される。そして自分が児童雑誌を見た、作ったということと、今感じられている残滓、ふくれ上がっているから「あの附録の一つは、俺が作ったやつかも知れないぞ」という言葉が思いつかれ、言われていると思われる。細かい解釈はともかく、大体そういうことだと思う。

特に、その時はより自己のつき物のことが強く意識されていることだろう。「自分の子供がああいう附録を喜んでいじっている様子を見たら、おそらく許すことが出来ないだろう」当然、自分の子が、例えば自己の残滓の症状的なものの本体に触れていじくったりしたら許せなく思うのは当然だろう（ただし、それは皮膚の内側にあるだろうから物理的に無理だが）。でも、ここも普通に読んで意味が通らないわけではないが（あの三熊野詣の常子の所もそうだが）。だから、おそらく誰も私のような見方、考え方をされた人はいなかったと思う。

『真夏の死』は家族（朝子《ともこ》と子供三人、女中）と一緒にやって来た伊豆の海水浴場での事故により、二人の子供と女中を亡くす物語だが、朝子の考え方の基にも残滓があるといっていい（この小説には残滓を直接的に匂わすような書き方は一切ないけれども）。彼女は基本的な所で〝美〟に包まれている存在と言える。その事故のことと同時に、彼女の残滓の軽重の起伏がいわばこの物語を進行させていく太い線になっている。

〈朝子はときどき気の遠くなるような心地のする時、彼女をおびやかして立直らすのは、あの新鮮な言語を絶した死の恐怖である〉これは、子供らの死に対しての彼女自身の対応とも言えるが、多分に自己の残滓の意識のことがあり、その残滓の苦の表現という一面もあると思う。いずれかといえば後者の方を強く感じている。〈その時、朝子のはっとしたことがある。なぜこんなに愉しい気持ちで目をさましたかが分かったのである。今朝はじめて死んだ子供達の夢を見なかった。見たのは何か気楽なばかばかしい夢である〉前の所はそこにいわば一種の緊張感があるが、ここは少し身体のいい状態が、神経の緊張をゆるめ、このような状況を現出したと言える。彼女には『煙草』の少年の症状から中期にさしかかったという感じもある。

朝子は普通の意味の健全なのか、つき物があってこうなっているのか、何らかの残滓があったのかはわかりにくいところもあるが、やはり残滓があってのものだろう。しかし先生は残滓的なことを直接言っていない。先生は自己解説の中で

即《すなわ》ち、通常の小説ならラストに来るべき悲劇がはじめに極限的な形で示され、生き残った女主人公朝子が、この全く理不尽な悲劇からいかなる衝撃を受け、しかも徐々たる時の経過の恵みによっていかにこれから癒《い》え、癒えきったのちのおそるべき空虚から、いかにしてふたたび宿命の到来を要請するか、というのが一編の主題である。或る過酷な怖ろしい宿命を、永い時間をかけて融解し去ることに成功したとき、人間は再び宿命に飢えはじめる。このプロセスが、どうして読者にできるだけ退屈を与えずに描き出せるか、という点に私の腕だ

めしがあった。

と言っているように、全く残滓的なものを言ってない。わざと言ってないような所がある。このように先生には自己の残滓的なものを、素直に言っている所と、隠す所の両方を言っている。

この死の恐怖ということは、先生の最後の自決のことを考えればおかしいとも言える。この『真夏の死』では、直接的に死の恐怖のことをリアリスティックに言っている。後年の霊の世界への関心があって、それに変わっていったのだろうと思う。私が思うに彼女には、例のつき物により肉体的にけだるい感じにさせられているのだろう。肉体的条件に密着しているからだろう。その内にはけだるさ、残滓の症状が大きく占めている。

金閣寺の金箔もそうだろう、痛みの全身によるものがあって、それが死んだりはしないが、身体のよくない状態、全身のだるさにそれがよく出ている。ここには死の恐怖と残滓を描いているが、そこには思想的なものはない。それは先生のリアリスティックな一面でもあるだろう。D・キーン氏は「三島のかいた自伝や自評をそのまま受け取らない批評家が多いようである。断っておくが、私は三島の書いたものを無条件に信じている」、私も大体同じだが、『仮面の告白』の最後の場面をそのままに信じてはいない、つき物のことはキーン氏にはわからなかったと思う。

『真夏の死』は「死の強いた一瞬の感動が、意識の中にいかに完全に生きたかという試問である。」と言っているが、これがテーマである。『煙草』は周りについていけない少年がテーマになっていたが、『煙草』も『真夏の死』もいずれも死は遠くにあった。後年の死につかれた先生とは雲泥の差があった。しかし、この作品は死よりも生にとらえられていた朝子の心が描かれている。でも死にとりつかれたのも、ここらによく出ている。

店の飾窓にある売れ残りの海水着は、朝子の目をおびやかした。殊《こと》に安枝の水着とよく似た緑いろのが、マネキン人形に着せられていたので、目を伏せてその前をとおった。とおったあとで考えると、その人形は胴体だけで首がなかったように思われた。あるいは首があって、安枝の屍の顔をそのまま、濡れたほつれ毛のからまる中に目をつぶっていたようにも思われた。マネキン人形が土左エ門を模《も》しているように思われた。はやく夏がすぎればいいと朝子は思った。夏という言葉そのものが、死と糜爛《びらん》の聯想《れんそう》を伴っていた。

この『真夏の死』でも、そのままに書かれていることを、信ずべきだと思う。ここにも、思想的なものはない。〈殊《こと》に安枝の水着とよく似た緑いろのが、マネキン人形に着せられていたので、目を伏せて〉死んだ安枝の遺物みたいなものがあって、見たくなかったのだろう。〈目を伏せてその前をとおった〉これは普通のことが描かれているが、次の〈とおったあとで考えると、その人形は胴体だけで首がなかったように思われた〉と、そういった感じ方をする人はいないだろう。

それ以下の文の所にも、あのつき物的な所を描いたものであるのがわかった。首がなかったように思われたことで、私はわかったのだろう。〈首がなかったように思われた〉先生はリアルに描いていると思う。〈目を伏せてその前をとおった〉この動作も普通に見るかも知れないが、その動作が首がなかったという朝子の感じ方につながっていることから、やはり普通に考えないことだと思う。

この目を伏せての所、恐かったのだろう。〈目を伏せてその前をとおった〉何か頭に圧迫するようなものがあって、残滓的なものが、上から押さえつけるものが、だから上の方がわからなかった。上の方に考えがいかなかったと言えるのかも知れない。上の方に首がなかった。その不思議な感じが、土左エ門に見えたのかも知れない。これもあの残滓が、肉体の領域、肉体の言葉の一つかも知れない。その後にもこのような所が出ている。

亮雄は咽喉が渇いた。塔の中心に水呑場があるのである。たまたま脇《わき》へ外《そ》れて、塔の外へ迸《ほとばし》ったその水は、一瞬、淡い虹《にじ》をえがいた。亮雄は物を言わずにすぐ実行に移しがちな子供である。そこへ行って水を呑みたくて仕方がない。母は手を離して歩いていたので、彼は急に駆け出した。どこへ行くの、と母が鋭い声で叫んだ。お水を呑むんだ、と彼は駆けながら言った。母はすぐ追いついた。その手は彼の両腕をしっかりとうしろからつかんでいた。痛いや、と子供は言った。言いながら恐怖に搏《う》たれた。背後から怖ろしいものに抱き緊められているような気がしたのである。

背後から恐ろしいもの、これはわかりいいだろう。その恐ろしいものは朝子である。もちろんそんなことは亮雄にはわからないだろうが、ここにも死から受けた感動が出ている。淡い虹をえがいたその水が、いかにも毒がまじっているように感じられたのだろう。生きていてほしいという。それだけ非社会的である。子供の生命を中心にえがかれている。健全であったら、もっと社会的なことに目がむけられただろうが、生と死にむいてしまっている。ここでも虹だけに死を感じている。痴的であり、知的にさせないつき物がある。

朝子が追憶の中に生れる時間の並列状態を二度目に味わったのはかえりの駅前に於《おい》てである。「何だい?」——勝がそう訊《き》いた。

「私って今日はどうしたんでしょう。ほかの子供にもお土産が要るような気がしたの」

「いいじゃないか。買えばいいじゃないか」

「仏壇へお土産を飾ってやればいい。ね」

「それではだめなのよ。何にもならないの。二人が生きているつもりで買わなければだめだったの」

朝子は手巾《ハンカチ》で鼻を押えた。自分たちは生きており、かれらは死んでいる。それが朝子には、非常な悪事を働らいているような心地がした。生きているということは、何という残酷さだ。

彼女はもう一度、駅前の飲食店の赤い旗や、墓石屋の店先に堆《うずたか》く積まれた花崗岩の純白にきらめく断面や、その煤けた二階の障子や、屋根瓦《がわら》や、暮れなずむ空の陶器のような澄明な青を見た。すべてのものがこんなにはっきり見えると朝子は思った。この残酷な生の実感には、深い、気も遠くなるほどの安堵があった。


ここの所もよくわかりにくい所だが、この文の前に〈追憶の中に生れる時間の並列状態を、二度目に〉と言っているが、一度目に味わったことが次に出てくる。

朝子が降りたのはドアが閉まる寸前であった。彼女は自分のうしろに鋭い呼《よび》笛《こ》と供に閉まる扉《とびら》を見た。そして殆《ほと》んど叫んで、その閉まらんとするドアを自分の力で引き開けようとした。一緒に連れて来た清雄と啓子を、車内へ残して来たような気がしたのである。

〈記憶はわれわれの意識の上に、時間をしばしば並行させ重複させる〉並行させ重複するとは信じられないことだが、普通にみて先生はこのように感じたのだろう。この文は自分のものではない、この世のものではない、そこに美（超上的なもの）を感じる人があるかも知れないが、これは素直に自分のこと、朝子のことだけを言っていると思う。考える範囲が狭くなっている。

先生の中につき物があって、よく考えられないから、そこから生のことに、また生と反対のこと、死だけにしか考えがいかない。私が考えると、時間と並行させ重複させるというように、生と死を同じように考えさせる（生きている時のように、再び生きているという感じのこと）、そうでないと朝子が死を考えたと対立する〈生きているつもり〉にならないと思う。

実際私はこのように並行させ重複させせるという経験はないので本当のことは言えない、わからないと思う。前に理解出来るのは一割あるかないかだろうという言い方をしたが、実際わからない所が多いのである。前に一瞬わからなくなることがあって、次にそう感じたのかも知れない。並行させたのかも知れない。彼女の症状から、生と残滓だけのことしか頭にないから、それが子供たちの生にこだわっているのかも知れない。これも肉体の領域、肉体の言葉の一つかも知れない。土産以下の所。自分は生きているんだという実感。そこには死と生との対立があり、自分は生の側に属しているという実感、生と死を普通のようにとらえている。ここには普通の見方だろうが、生の側と死の側に分けている。冷たさがある。普通の感覚が三島先生にあった。

しかし生と死の対立というように〈自分たちは生きており、かれらは死んでいる〉二つを同じように感じているというのは、そこに何とも言えないやさしさがあると思う。生の側にいる自分に安堵しているのは、生と死をはっきりととらえている。生の側にいる自分に安堵している。でも〈生きているつもりで買わなければだめだったの〉と子供たちの側に立っている。『金閣寺』のこれは二十年位前に書いたものだが、最後にそれと、後のゴチャゴチャしたものを書いておきたい。

ここからは、この論文の主題にもつながる金閣（美）が出現したという箇所の内容について検討していきたいと思う。

「吃《ども》れ！　吃《ども》れ！」というあの無遠慮な叫びは、私の耳に蘇《よみがえ》って、私を鼓舞した。……私はようやく手を女の裾のほうへ辷らせた。そのとき金閣が現れたのである。

威厳にみちた、憂鬱《うつ》な繊細な建築《ちく》。剥《は》げた金箔をそこかしこに残した豪奢《しゃ》な亡骸《なきがら》のような建築。近いと思えば遠く、親しくもあり隔たってもいる不可解な距離に、いつも澄明に浮かんでいるあの金閣が現れたのである。それは私と、私の志す人生との間に立ちはだかり、はじめは微細画のように小さかったものが、みるみる大きくなり、あの巧緻な模型のなかに殆んど世界を包む巨大な金閣の照応が見られたように、それは私をかこむ世界の隅々までも埋め、この世界の寸法をきっちり充たすものになった。巨大な音楽のように世界を充たし、その音楽だけでもって、世界の意味を充足するものになった。時にはあれほど私を疎外し、私の外に屹立しているように思われた金閣が、今完全に私を包み、その構造の内部に私の位置を許していた。

下宿の娘は遠く小さく、塵のように飛び去った。娘が金閣から拒まれた以上、私の人生も拒まれていた。隈《くま》なく美に包まれながら、人生へ手を延ばすことがどうしてできよう。美の立場からしても、私に断念を要求する権利があったであろう。一方の手の指で永遠に触れ、一方の手の指で人生に触れることは不可能である。……（中略）……

さて私が幻の金閣に完全に抱擁されていたのは永い時間ではなかった。われに返ったとき、金閣はすでに隠れていた。それはここから東北のはるか衣笠《きぬがさ》の地に、今もそのまま存在している一つの建築にすぎず、見えるはずはなかった。

私の〝美＝残滓論〟から言って、もう答えが出ているとも言える（以前は美＝病気と書いた）。でも、この引用文で一般に言われている所の金閣、美をもっとも合理的に説明出来るのはやはり磯田光一氏の理想論と言えるであろう。確かに理想論でもって説明出来る文章ではある。大きくなり私の世界をみたすことによって、そこで彼の人生にそうさせじ（娘と関係すること）と押しとどめるものとしての考え方としての金閣の出現とも言えるし、理想としての意識が強く彼をどうしても支配しなければならないその経緯を述べているとも言える。

〈その音楽だけでもって〉と書かれてあるように、その理想といったものが、いかに彼の生来の性質に深く入り込んでいる、彼と同一のものと言っていいようなものだったかを語っているとも言える。磯田氏は「金閣がどこまでも私にとって

〝理想〟として意味を持っていると同時に、それが〝私〟の全精神をとらえてしまうという理由のために、かえって〝私〟を実生活上の無能力者にしてしまうという一言であろう」と述べている。

〈下宿の娘〉以下の所も、その理想との相克を描いているとも考えられる。〈美の立場からしても、私に断念を〉この言葉などははっきりとむしろその理想論を物語っているとも言えるだろう。また、そこに現れてくる金色の金閣という雰囲気も合っているし、文章もそのように読める。この理想論でもって結論を得られていると言える。

しかし実際そう簡単に割り切れるものではない。そこに現れた金閣とは何なのか、一体何を象徴しているものなのか、これが何といっても大きな謎として残されていると言えるだろう。そのぴったり合っているのも（理想と見る見方も）一つの見方に過ぎないのであって、三島先生がこの文章でそのことについて述べたものと確定することは出来まい。しかし、普通の見方からすれば、それ以外はまず考えにくい。何らかの理想としてのそれ以外はないとも言える。
重ねて言うようだが、確かにここでは他の箇所には見出しにくい思想性が表現されているとは言える。この引用文のすぐ後に出てくる〈美の永遠的な存在が真に我々の人生を阻み〉これが多くの批評家の理想論の根拠になっている言葉だと思う。そして美を怨《おん》敵と考え、実行するのだが、最後の場面でのあの金閣への執着、三間四尺しかない小部屋に憧れる所……。

扉は開かない。三階《かい》の鍵は堅固にかかっている。私はその戸を叩《たた》いた。叩く音は激しかったろうが、私の耳には入らない。私は懸命にその戸を叩いた。誰かが究竟頂《くきょう》の内部からあけてくれるような気がしたのである。そのとき私が究竟頂に夢みていたのは、確かに自分の死場所であったが、煙はすでに迫っていたから、あたかも救済を求めるように、性急にその戸を叩いていたものと思われる。戸の彼方にはわずかに三間四尺七寸四方の小部屋しかないはずだった。

そして私はこのとき痛切に夢みたのだが、今はあらかた剥落《はく》してこそおれ、その小部屋には隅なく金箔が貼りつめられているはずだった。戸を叩きながら、私がどんなにその眩《まばゆ》い小部屋に憧《あこが》れていたかは、説明することが出来《でき》ない。

そこに、彼の本来的に巣くっている理想的なもの、永遠への抜き差しならぬ強さが語られているとも言える（でも、私の考え方からすると、そうではないと考えられる）。しかし、結局彼は復讐をやりとげたのである。〈一ト仕事を終えて一服している人がよくそう思うように、生きようと私は思った〉磯田氏は言う、「美（理想）を生きる人間の心情を世俗の人生の視点から相対化してながめる文学方法を三島がはっきりと自覚したことを示している」と。

そこにこの作品が一種美への復讐の物語として言われる由縁《ゆえん》がある。その美（理想）と人生とを天秤にかけ、ついに彼はその理想を邪魔物として、それへの復讐をはかる。しかし、これらの引用文の中には、作者が言いたかったことが別に隠されているように思う。今から私の考えている残滓説によって、ここのあらましを書いてみたいと思う。はっきり言ってしまえば、金閣が現れたと言っているのは、私が前に述べた〝美＝わからない〟ということ、それ自体が現れたのだと解釈される。

だからここは何ものも出現しなかったと言えるだろう。作者は後の所でこのように言っている、〈虚無が美の構造だったのだ〉（ここを思想的なものとして考えないこと、彼の肉体的なものとの関連としてとらえるべきだろう）と。この言葉からも何も現れなかったんだという私の想像にも重い根拠が与えられると思う。作者が真に言いたかったことは、つき物のことであるし、〈人生〉と言っているが、これは女性というより、健全（健康）に生きていく態度といったようなものと言えるだろうか。

これは実際の金閣とは何ら関係のないものと言える。ここはいわば、自分の中だけの事情によって出現しただけであって他の外にある（観念的なものを含めて）

ものではない。

〈威厳にみちた〉から〈金閣が現れたのである〉までの文で、そのわからなくなってきた感じから思い浮かぶものを言っている。客観的に彼が意識出来る、考えられる頭の状態を述べたものだろう。そこにはいわば何も浮かばないだろう。彼に感じられているのは残滓だけと言える。その彼に感じられている残滓の内容をそれらで言っていると考えられる。彼にはそういった感じのものだった。当事者に立てば、〈威厳にみちた〉彼にはそう感じられていた。〈憂鬱〉〈何か頭を押さえつける感じ。外から、他から見た憂鬱な感じを言っている〉も何となくわかるし、繊細さも、例の鏡の所から憶測出来る。以下は説明しにくい。〈親しくもあり〉自分の頭脳（自分の身体の一部）であるから言うまでもないし、〈隔たってもいる〉一種、やはり敵としての残滓でもあるだろう。この〝立ちはだかる〟という言葉はここまで読まれた方には難問ではないだろう。その後ももちろんそのことを言っている。

〈この世界の寸法をきっちり充たすものになった〉この世界というのは、自己の頭、その頭の中だけの世界を言っていると考えられる。その中で、残滓の症状的なものが感じられるようになってきた。〈世界の意味を充足するものになった〉言葉は〝充足〟だが、困った事態が招来したと言える。当然下宿の娘は塵《ちり》のように飛び散らねばなるまい。しかし、これが理想論に立てば、邪魔をしにきたのではあるが、困ったものとこの時点では言えないことになる。もっと後からその限界を感じ、金閣への復讐を果たすということになると思う。

〈さて私が幻の金閣に完全に抱擁されていたのは永い時間ではなかった。われに返ったとき〉ここからも何か病的なものが来、去っていったという雰囲気がある。また〈幻の金閣に〉と言っているように、幻であってもいいわけであり、さらに言えば金閣でなくてもいいことになると思う。もっと広い意味でとらえるべきではないか。〈東北のはるか衣笠の地に、今もそのまま存在している一つの建築にすぎず〉この正常な所から見る金閣、これが実際の金閣であり、そのわからない中で、頭の中に感じられる残滓〈金閣〉が〝美〟と言えよう。

この引用文の中には〝永遠〟という言葉が出てくる。文字通り、思想的な何らかの背景を持ったものと言っていいが、これも、永遠に治らないようなつき物と彼には感じられていたのだろう。『真夏の死』の〈深い気も遠くなるような安堵《ど》があった〉の所で、ここでは言わなかったが、「治らないように感じられている自己の残滓の中で」ということで、そのことの意味は説明がつくと思う。

〈私の外に屹立しているように思われた金閣〉という言葉、これは現実の金閣を言っているとも言えるが、私の説からは除外出来る。ここはこう言った方がいいだろう。今わからなく（強い〝美〟）になってきている所から、普段のそれ（残滓）をみれば、今襲ってきた残滓の意識に対して、その外にあるという意識〈普段のよくない残滓〉となるのではないか。今のようなわからない中で残滓を考えた場合、それを一種このように疎外と感じ、ここで言ったのではないか。

それより何より私が残滓説を唱える根拠として、この引用文には、彼の心というか、人間的感興といったものがない、彼の人生を揺るがすような大きな価値あるものが現れたという感じがない。何か形而下的な他から圧迫だけのものといった雰囲気がある。私が前に何度も言った残滓に酷似している。さらに言えば、彼はわからないから〝金閣〟という物質が現れたと言える。そこには理想がどうとかいったような思想する力はなくなっていると思う。むしろ理想がどうだと考えられればいいのだが、そこに物質としての金閣が現れたということは救いがないと言える。

乳房《ちぶさ》が女の乳房であることを通りすぎて、次第に無意味な断片に変貌するまでの、逐一を見てしまった。……ふしぎはそれからである。なぜならこうしたいたましい経過の果てに、ようやくそれが私の目に美しく見え出したのである。美の不毛の不感の性質がそれに賦与されて、乳房は私の目の前にありながら、徐々にそれ自体の原理の裡《うち》にとじこもった。薔薇《ばら》が薔薇の原理にとじこもるように。

私には美は遅く来る。人よりも遅く、人が美と官能とを同時に見出すところよりも、はるかに後から来る。みるみる乳房は全体との聯関を取戻し、……肉を乗り越え、……不感のしかし不朽の物質になり、永遠につながるものになった。私の言おうとしていることを察してもらいたい。またそこに金閣が出現した。というよりは、乳房が金閣に変貌したのである。

私は初秋の宿直《とのい》の、台風の夜を思い出した。たとへ月に照らされていても、夜の金閣の内部には、あの蔀《しとみ》の内側、板唐戸の内側、剥《は》げた金箔捺しの天井の下には、重い豪奢《しゃ》な闇が澱んでいた。それは当然だった。なぜなら金閣そのものが、丹念に構築され造型された虚無にほかならなかったから。そのように、目前の乳房も、おもては明るく肉の輝きを放ってこそおれ、内部はおなじ闇でつまっていた。その実質は、おなじ重い豪奢な闇なのであった。

私は決して認識に酔うていたのではない。認識はむしろ踏みにじられ、侮蔑されていた。生や欲望は無論のこと！……しかし深い恍惚感は私を去らず、しばらく痺れたように、私はその露《あらわ》な乳房と対座していた。

ここの所も理想論でもって一応は説明することは出来る。〈無意味な断片に変貌する〉ということで、世俗的なものの意識が後退した。そこから彼の持っている、一方で心を占めている理想という観念が支配的になってくる。その経緯を語っていると。〈美の不毛の不感〉で、その乳房の美はいわば後退した。〈私には美は遅く来る〉と言っているのは言うまでもないことであろう。私の心を高い次元の所まで占めているその観念が支配的になってしまったということ。そして〈みるみる乳房は〉から〈乳房が金閣に変貌した〉までの文章がそのことをわかりやすく述べている。おそらく磯田氏もそのように考えられたのであろう。

しかし、それからの文章、夜の金閣のことを思い出し、その金閣が虚無であったと言っているのはおかしい気がする。乳房が虚無というのはいいのだけれど、彼の心を今占めてきている金閣が虚無というのはそこに矛盾がある。その前に理想というものの限界みたいなものをそこで語っていればいいのだけれど、何もその時点ではまだ金閣そのものの限界を感じているわけでなく、いわば否定の気はないと思う。

そこからは、虚無という言い方はおかしいのはわかる。そして、その金閣も乳房も同じ虚無だと、あたかも同次元のことのように言っている。これでは言うなれば論理は通らない。理想と現実を同次元で考えていることになる。その辺の所をおそらく中村光夫氏は考えられ、〝美〟ということの不可解さ、理想論として見る見方でおさまり切れないものを考え、結局の所わからないという結論を下さざるを得なかったのではないのだろうか。

だったらこの〝美〟はもっと別のものではないか、金閣（理想）ではないのではないかと考えてもいいだろう。この美しく見え出した、その美しく見えたこと、〝美〟を私の説である残滓であてはめてはどうだろうか、説明が可能だろうか。

要するに〝美＝わからない〟ということだが、そのことで見れば、例えば〈美の不毛の不感の性質がそれに賦与されて、乳房は私の目の前にありながら、徐々にそれ自体の原理の裡にとじこもった。薔薇が薔薇の原理にとじこもるように〉という文章に当てはまるのは何となくわかっていただけるかと思う。

そのわからないということは（考えようとしても考えられないということは）とりも直さず不毛不感ということなのだ。ここで作者はその残滓のことを言っているのだろう。この乳房が原理の裡に閉じこもるというのはわかりにくい言い方だが、そこから言えることは、いわば乳房がわからないから、そのものの存在感が小さいものに、無になって存在感がなくなった、意識から除外されたということだろう。

〈私には美は遅く来る〉ここで彼が言っている美は、文章からいって官能的に近いものと考えるのではなく、普通の健全な心からの美という意味ではなく、ここに彼独自の美論といったものが展開されている。しかし、後から来る〝美〟ということはやはり両方に通じる。それが理想論としてのそれでも、残滓でも言えることである。例えば〝人が美と官能とを同時に見出す〟ということ。言うなれば太腿に美を感じると同時に欲情の兆候が現れるように、ということは（普通一般の性欲的、肉体的な原理に基づいているのだろうが）。

そこから言って、彼が〈美は人よりも遅く来る〉と言っている〝美〟は、それと関連づけて何か肉体的なものと言っていいのではないか、そう言っている限り。これは読み方にもよるが、肉体的卑俗な形而下的な文章と見るか、何らかの理想の観念を比喩的に述べた文章と見るかのどちらかなのだが、この後の〈不感のしかし不朽の物質になり、永遠につながるものになった〉も（これも読み方にもよるが）何か現実的な実感を持ったものとして語られているような気がする。

それにしても〈ふしぎはそれからである〉という文は不思議である。特にこれを理想論の見方からすれば〈ようやくそれが私の目に美しく見え出したのである〉という所、無意味な断片に変貌したと言いながら再び美しく見え出したということと。もちろんそこから美が現れる、金閣が現れる。その永遠的な姿ということかも知れないが、そこに乳房から金閣（理想）への変移があったと言える。しかし、美しく見え出したと言ったすぐ後に、〈美の不毛の不感の性質〉と言っているが、これは一種おかしい言い方である。いわば、その理想が不毛不感だと言っていることになる。何も溝口はこの時点で、理想が不毛不感なものだとは言っていないはずだ（この美は乳房そのものの美を言っているとも考えられるが、それならば論理は通る）。

　では、なぜそのように言っているのか、だったらこの美はもっと別のものではないか、金閣（理想）ではないのではないかと考えてもいい。そして次の言葉が決定的に私の説に近づくものである。〈私は決して認識に酔うていたのではない〉（傍点：中西）これはどちらかと言えば、自分を客観視した健全な精神からの言葉、普通の考え方と言えるが、彼はそれを、認識に酔うのを否定している。これが多分理想としての金閣が現れたのだったら、それは何らかの認識に酔う部類に当てはまることではないだろうか（多くの人はこのことをわからなかったのだと思う。頭がおかしくなってきて、考えられなくなってきたということが）。消去法により、ここで、認識に酔うような知的なものはすべて消去させられるであろう。そうしたら何が残るであろうか。また、このことによってこれまでの研究、評論家等々の説は意味がなくなったと言えるかも知れない。

そして、この〈生や欲望は無論のこと！……しかし深い恍惚感は私を去らず〉この合間がここを解く場合の重要な要素になっていると考えられる。この合間があの〈幻の金閣〉が去って行く時間だったのだろう。だからこの〈しかし深い恍惚感は私を去らず〉を普通に読んで、乳房とか理想としての金閣に恍惚としていたと読まないこと。その幻のつき物の感覚に恍惚としていたような感じだったのだろう。

正直に言ってこの引用文の中の〈初秋の宿直の、台風の夜を思い出した〉ということ、なぜそれを思い出したのかはわかりにくいが（彼は今、わからなくなっているのだから思い出すというのも変だ）でも考えられるのは、〈不感の不朽の物質〉いわばつき物のこと、また、前の所にも出てきたが、剥《は》げた金箔の豪奢な亡骸《なきがら》と自分の頭の内容のことを言っているが、それらが奇跡的に金閣の雰囲気に何となく似ていたということがあるのだろう。その現れ出てくるという感じが。それと、今わからない中で、周りがわからない中で、闇《やみ》につつまれているという感じからその初秋の夜のことを思い浮かべたのかも知れない。

磯田氏は『恩寵《おんちょう》としての戦争』の中でこのように述べている。「敗戦」による「恩寵」の喪失は『金閣寺』の記述によれば次のような形で起こったのである。

それから終戦までの一年間が、私が金閣寺と最も親しみ、その安否を気づかい、その美に溺れた時期である。……この世に私と金閣との共通の危難のあることが私をはげました。美と私とを結ぶ媒立《なかだち》が見つかったのだ。私を拒絶し、私を疎外しているように思われたものとの間に、橋が懸《か》けられたと私は感じた。

私を焼き亡ぼす火は金閣をも焼き亡ぼすだろうという考えは、私をほとんど酔わせたのである。

この場合、金閣は美であると同時に、〝生〟を意味づける超越的な原理と言いかえてもさしつかえはあるまい。ところが戦争が終わったときには、

「金閣と私との関係は断たれたんだ」と私は考えた。「これで私と金閣が同じ世界に住んでいるという夢は崩《くず》れた。また、もとよりもっと望みのない事態がはじまる。美がそこにおり、私がこちらにいるという事態。この世のつづく限り変らぬ事態」敗戦は私にとって、こうした絶望の体験にほかならなかった。

前者に見られるのは、現実そのものが虚構と化しそこに自己を意味づけることによって〝美しい死〟の実現が可能性として成立している世界である。それに対

して後者は、恩寵から見放された単独者が現実の廃墟の上に絶望的に立ちつくしている姿であろう。ここに終戦を〝第二の青春〟として迎えた世代との決定的なひらきが存在する。

磯田氏の考え方によれば、現実を超えたものとしての金閣（美）がある。磯田氏はそれを超越的な原理と言っておられるが、それと一緒にいられるという夢が、また、美と共に滅びるという幸福が戦争によって実現した。が、それが敗戦によってその超えたものとの断絶が決定的になった。そこからは、美しい死の夢が不可能になったと解釈出来る。

ここでも私自身は残滓説を唱えたいのだが、普通にはそれとつながるような書き方にはなっていない。ここでは〈私を焼き亡ぼす〉ということの意味内容が問題になってくる。自分が亡くなってしまえば、残滓がどうあろうと関係がなくなる。この言葉をそのまま受け取った場合、私の残滓説は成り立ちにくい（残滓と共に滅びる幸福という考え方は成り立ちにくいだろう）。これが現実の自己の死につながるものとして意味しているかということ。

この〈焼き亡ぼす〉というのを、いわば身体全体として言っていると考えてはどうだろうか。私全体が滅びるのでなければ残滓そのものも滅びないのではないかぐらいに思われている。身体が失くなってしまわねば残滓もよくならないぐらいに感じていたのであろう。これがこの文章の真実だと私は思う。だから自己の身の破滅、死を実際は考えていなかった。例の頭の悪さからそういう思想にまでは到らなかったというのが三島先生の真実だろう。そのぐらいではないとつき物は治らないもの、そういった性質の症状と考えられていたのではないか(そういった症状的なものが身体の中に感じられていた)、一部ぐらいでは滅びないというぐらいに。ここはあくまで主がつき物にあって、彼の関心は生死にあるのではなかった。

ここいらの文章は先生の『海と夕焼』の文、あの切実なものを言った先生の文に酷似している。あの海が割れなかったという文章、それが僕の一種の告白なんだと言っているが、磯田氏の文は、磯田氏の考え方が出ているのであって、『海と夕焼』はいわば先生の心が出ている。どちらを真実として見ればいいのだろうか。先生の真実は海が割れなかった、自己のつき物的なものが割れてなくならなかったと言っているが、ここもそのことを考えなければなるまい。私もここでつき物のことを言ったが、私の考え方と先生の考え方は同じことを言っているといっていい。

これはまず戦争による死の恐怖があって、その緊張感が一種残滓をはっきりさせる、いいように感じさせる。これが〈私を拒絶し、私を疎外しているように思われたものとの間に、橋が懸けられたと私は感じた〉ということ（そういった内容の残滓であったと言える）。それが敗戦によって死の緊張感が解け、前と同じ状態にもどる。（関係は断たれたんだ）それからは美（残滓）がそこにおり、私がここにいるというふうに感じられたのだろう。わかりやすく言えばそういうことだろう。

三島先生の残滓的なものを私はこの武田泰淳氏の『三島由紀夫氏の死ののちに』の中に感じるのだが、読者はどのように思うだろうか。

最初の書きおろし長編『仮面の告白』を出版社に手わたすとき、神田の小喫茶店の暗い片隅で、私はそれを目撃しました。紫色の古風なふくさから、今厚い原稿の束をとり出すあなたは、顔面蒼白、精も根もつきはてたひとのように見え、精神集中の連続のあとの放心と満足に輝いていました。「一日三枚がいいところだ」「一週間温泉宿にいて一枚も書けなかった」そのころ、あなたはそう語っていました。

そこに残滓というものがあり、それを客観的にみること、また、そこからそれを表現することの難しさが語られているように私は思う。また、例えば『仮面の告白』の中の、大人の生活から受ける印象を語った箇所に、当時地下鉄構内に漂っていたゴムのような薄荷のような匂いが、彼の青い制服の胸に並んだ金釦《ぼたん》と相俟《あいま》って、「悲劇的なもの」の聯想《れんそう》を容易に促した。そういう匂《にお》いの中で生活している人のことを、なぜかしら私の心に「悲劇的」に思わせた。

とある。これをキーン氏は「花電車の運転手や切符切りの悲劇的な孤独を感じた少年はあまりにも過激だったといえるが」と書いているが、このキーン氏の指摘はいいと思う（この悲劇の感受性がどんなものなのか、筆者はまだ解釈しきれていない）。そういった他人にないような独自な感受性の人に限って、そういった残滓（？）が表れたとしかいいようがないと今私は考えている。三島先生も残滓の原因についてはわからなかったのだろう。

前に『細雪』の雪子のことを言った際に、雪子がそうであったように、谷崎氏も本当は小食家ではなかったのかと私は書いたのだが、この『谷崎潤一郎、芸術と生活』の中で三島先生はこのように言っている。

氏が御馳走が好きであったことは疑いがないが、御馳走は、氏の文学自体がもっとも美味しい御馳走となるための手段だったのだから、この芸術家の精神の中にある可食細胞にとっては、生活、人生、生自体にたえず「美味しいもの」に見えている絶対の必要があったのである。

ここで三島先生は唯単に美食家の御馳走好きを言っているとも考えられなくはないが、でも本当にここを理解した人は少ないと思う。先生にはこのように、紛らわしく、難しく書く一面があり、それが私との大きな違いだが、でも、この文をわかりやすく理解して書くことは出来ないだろうか。私はそれを考えたが、これも谷崎氏のある一面を言っているだけではないかと思い、そのことを、谷崎氏の一面を理解することによって、私はこの文の言っていることをある程度理解することが出来た。

それをわかりやすく書いてみたいと思うが。三島先生は「雪子は谷崎自身だろう」と言っていたが、そこから谷崎氏が小食家であったのは理解していた。この中で「この芸術家の精神の中にある可食細胞」という三島先生の言葉が出てくることに私は注目した。これはこの引用文のすぐ前に出てくる言葉だが、「その文学的夢想を実現するためには」例えば、雪子のことを述べるためには、考えるためには小食家では駄目なのだ。

何か肉体的に腹がへってしまうという肉体的条件があったのではないか。言うなれば、谷崎氏の中にも、一種のつき物があって（三島先生と同じかどうかはわからないが）、食べてもへってしまうという飽食するというよりも、欲望をかなえるというより、食べて良くなれば、それが文学的夢想を実現させて人のためになるのだから、谷崎氏はそれを目ざしたのではないかと三島先生は言ったのかも知れない。

このことは三島先生にも言えるのではないのだろうか。先生自身のあの豪奢な建築、私などは一種反発を覚えたが、そうなりたいと普通にのぞんだわけでもないが、本当はごく普通の人であったと思う。必要上そうしなければならないものがあったのではないか。あのつき物、残滓との関係で、何か心に安心、とつき物が少しよくなる感じがあったのかも知れない。このことは少し研究を進めなければならないかも知れない。

谷崎氏も本当は小食家だったのだが、肉体の条件によって、食べなければならないものが、肉体にあったのだと思う。だから究極的に美食家ならないものだった。「可食細胞」いうならば、食べなければへってしまう、そういったものが身体の中にあったのだろう。そのことを氏は言っていることになる。つき物があったと一言も言ってないが、だから谷崎氏も「可食細胞」の内容をよく知っていて、「三島君が私のことを一番理解してくれる」と言ったのだと思う。

『太陽と鉄』の中のこの所も、少し書いておきたい。

国立競技場のアンツーカーの大トラックを、一人で走っていたときのことである。それは摂氏零度の夜明けであった。国立競技場は一輪の巨大な百合であり、人っ子一人いない広大なオーディトリアムは、巨きな、ひらきすぎた、そして沢山の斑点のある、灰白色の百合の花弁だった。

この先生に感じられた百合の花、これは実際どんなものであったのかははっきりとはしない。この巨大な百合とは何であろうか、これも謎と思われると思う。そんなものを感じたという人は誰もいないのではないかと思う。実際その場にいったこともないのでわからないが、多分そんなものはなかったのではないかと私は思う。

これは次の斑点を感じたという所で私は感じた。これは金箔のもの、それが散らばっていると私は解釈したが、痛みが散らばっている、それと似たものではなかったのかと思う。要するに、先生に感じられたものであったのは間違いないと思う。先生の頭の中にあったものを言っていると思う。この作品もあの残滓＝私の考え方からするとつき物を表したものだから、あの肉体の言葉を表したものだ。やはりあの残滓は先生に感じられたものだと思う

この百合の花は頭に感じられた、リアリスティックなものと思う。三島先生はその残滓だけが、他人と違っていることであり、その他のことは全く普通の人物であったと言っていることを考えなければならない。前に先生に感じられたものは、私だけと言っていたが、『太陽と鉄』の中で残滓が自分だと言っているが、この『太陽と鉄』はそれがテーマになっている。そこから言っても先生に感じられたもの、肉体の言葉の領域を言っている可能性が強い。もちろんそれらを証明するものはないが、これは議論しなければならないと思う。

あの「淡紅色の眩暈《めまい》を知るにいたってから、はじめて集団の意味をさとるよう

になった」。私はこの眩暈が、例の痛みとかゆみを元とする頭の悪さによる（つき物）、一種、運動中、あるいは後の眩暈のことを言っているのではないか、と言ったのだが、この斑点も結局眩暈につながっていくのかも知れない。それと同じようなものがあったのではないか。

『豊饒の海』天人五衰の最後の所、昔の愛人であった松枝清顕について、門跡にうかがう。

「その松枝清顕さんという方は、どういうお人やした？」

本多は呆然と目を瞠《みひら》いた。

「は？」「しかし御門跡は、もと綾倉聡子さんと仰言いましたでしょう」

「はい。俗名はそう申しました。」「いいえ、本多さん、私は俗世で受けた恩愛は何一つ忘れはしません。しかし松枝清顕さんという方は、お名をきいたこともありません。そんなお方は、もともとあらしゃらなかったのと違いますか。

何やら本多さんが、あるように思うてあらしゃって、実ははじめから、どこにもおられなんだ、ということではありませんか？」

聡子は全く知らぬげに言う。白を切っているのか、そんなことはない。知らぬといっているから仕方がないが、やはり知っていたのだ。ここは聡子の心の中にそって考えなければなるまい。聡子は「あなたはほんまにこの世でお会いにならしゃったのですか？」と言っているが、聡子は先生の心の中を知っていて、この本多への言葉は真実だと思う。聡子は、清顕というより、本多というより、三島先生のことを考えこう言ったのだと思う。

ここで言っていない先生の心の中のことを言っている。門跡には先生が生きていないように感じられた。そのことを言っているのだと思う。門跡には先生がお釈迦様の生まれ変わりと、生きているのか死んでいるのかわからないような、あるいは慈悲の顕現と釈迦の生まれ変わりとそう感じられたのかも知れない。

実際先生は、生きているのか、死んでいるのかわからないような人ではなかったのかと私は思う。作品の内容からいって、三島先生は天上界へ行ったと思われるが、でも自殺はよくない。それによって霊界の最上層に落とされたのではないのだろうか。

前著『三島由紀夫の死の謎を解く』(自費出版)を出来れば合わせて読んでいただきたい。『仮面の告白』『美しい星』『孔雀』等の一節を書いたが、それによって先生の死とつき物が同じものであったのがもっとはっきりわかると思う。

著者プロフィール
中西 武良（なかにし たけよし）
三重県松阪市松名瀬町99番地
昭和26年松阪市に生まれる。
商業高校をへてスピーカー工場勤務等、現在に至る。
割れなかった『海と夕焼』が万全の幸福感によって、瞬間的に海がひらかれたのだと思う。先生は「僕が死んで50年、100年たつと、ああわかったという人がいるかも知れない、それでかまわない」と言っていたが、先生が死んで50年たつ。私の本も自費出版ではあるが、ちょうど50年にあたる。多くの人にギロンしていただきたい。

著書
『三島由紀夫の死の謎を解く』（文芸社　2020年）

肉体の言葉を探して　三島文学の謎に迫る

2021年9月15日　初版第1刷発行

著　者　中西 武良
発行者　瓜谷 綱延
発行所　株式会社文芸社
〒160-0022 東京都新宿区新宿1－10－1
電話 03-5369-3060（代表）
03-5369-2299（販売）

印刷所　株式会社晃陽社

ISBN978-4-286-22436-7

料金受取人払郵便

新宿局承認

3971

差出有効期間
2022年7月
31日まで
（切手不要）

郵便はがき

1 6 0-8 7 9 1

1 4 1

東京都新宿区新宿1－10－1
(株)文芸社
愛読者カード係 行

ふりがな お名前			明治 大正 昭和 平成 年生 歳	
ふりがな ご住所	□□□-□□□□			性別 男・女
お電話 番 号	（書籍ご注文の際に必要です）	ご職業		
E-mail				
ご購読雑誌（複数可）			ご購読新聞 新聞	

最近読んでおもしろかった本や今後、とりあげてほしいテーマをお教えください。

ご自分の研究成果や経験、お考え等を出版してみたいというお気持ちはありますか。

ある　ない　内容・テーマ（　　）

現在完成した作品をお持ちですか。

ある　ない　ジャンル・原稿量（　　）

書　名			
お買上 書　店	都道　　　市区 府県　　　郡	書店名 ご購入日	書店 年　月　日

本書をどこでお知りになりましたか?
1.書店店頭　2.知人にすすめられて　3.インターネット(サイト名　　　)
4.DMハガキ　5.広告、記事を見て(新聞、雑誌名　　　)

上の質問に関連して、ご購入の決め手となったのは?
1.タイトル　2.著者　3.内容　4.カバーデザイン　5.帯
その他ご自由にお書きください。
(　　　)

本書についてのご意見、ご感想をお聞かせください。
①内容について

②カバー、タイトル、帯について

弊社Webサイトからもご意見、ご感想をお寄せいただけます。

ご協力ありがとうございました。
※お寄せいただいたご意見、ご感想は新聞広告等で匿名にて使わせていただくことがあります。
※お客様の個人情報は、小社からの連絡のみに使用します。社外に提供することは一切ありません。